This Book
Belongs To

....

....

....

Date:___/___/____

Date:____/____/_____

Date:____/____/_____

Date:___/___/____

Date:____/ ____/ _____

Date:____/ ____/ _____

Date:____/____/_____

Date:____/ ____/ _____

Date:___/___/_____

Date:____ / ____ / _____

Date:___/___/_____

Date:____/____/_____

Date:___/___/____

Date:___/___/____

Made in the USA
Monee, IL
03 October 2023

43907624R00070